# RCAGAMBIS

## TRAGEDIE

### EN·UN·ACTE,

REPRESENTE'E POUR la premiere fois sur le Théâtre de l'Hôtel de Bourgogne, par les Comédiens Italiens ordinaires du du Roy, le 10. Aouſt 1726.

*Par Meſſieurs ***
Auteurs des Comédiens Eſclaves.*

A PARIS,

Chez
{
Noel Pissot, Quai des Auguſtins, à la deſcente du Pont-Neuf, à la Croix d'Or.
François Flahault, à l'entrée du Quai des Auguſtins, du côté du Pont S. Michel, au Roi de Portugal.
}

M. DCC. XXVI.

*Avec Approbation & Privilege du Roi.*

l'Imprefent fe conformera en tout aux Reglemens de la Librairie, & notamment à celui du dix Avril 1725. Et qu'avant que de l'expofer en vente, le Manufcrit ou Imprimé qui aura fervi de copie à l'impreffion dudit livre fera remis dans le même état ou l'Approbation y aura été donnée ès mains de notre très cher & féal Chevalier Garde des Sceaux de France, le fieur Fleuriau d'Armenonville, Commandeur de nos ordres; & qu'il en fera enfuite remis deux Exemplaires dans notre Bibliotheque publique, un dans celle de notre Chatteau du Louvre, & dans celle de notre très cher & féal Chevalier Garde des Sceaux de France, le fieur Fleuriau d'Armenonville, Commandeur de nos ordres, le tout à peine de nullité des Prefentes; Du contenu defquelles vous mandons & enjoignons de faire jouir l'Expofant ou fes ayans caufe, pleinement & paifiblement, fans fouffrir qu'il leur foit fait aucun trouble ou empêchement; Voulons qu'à la copie defdites Prefentes qui fera imprimée tout au long au commencement ou à la fin dudit livre, foi foit ajoutée comme à l'original; Commandons au premier notre Huiffier ou Sergent de faire pour l'execution d'icelles, tous actes requis & neceffaires, fans demander autre permiffion, & nonoftant clameur de Haro, Charte Normande & lettres à ce contraires, CAR tel eft notre plaifir. DONNE' à Paris le dix-feptiéme jour du mois d'Août, l'an de grace mil fept cent vingt-fix, & de notre Regne le onziéme. Par le Roy en fon Confeil, NOBLET.

Regiftré fur le Regiftre de la Chambre Royale des Libraires & Imprimeurs de Paris, N. 496. fol. 392. conformément aux Reglemens, confirmez par celui du 28. Fevrier 1723 A Paris le 13. Septembre 1726.
Signé, D. MARIETTE, Syndic.

# ARCAGAMBIS

# TRAGEDIE.

# TRAGEDIE
## *EN·UN·ACTE,*

REPRESENTE'E POUR
la premiere fois sur le Théâtre de
l'Hôtel de Bourgogne , par les
Comédiens Italiens ordinaires du
du Roy, le 10. Aoust 1726.

*Par Messieurs* *\*\*\**
*Auteurs des Comédiens Esclaves.*

A PARIS,

Chez
{
Noël Pissot, Quai des Augustins , à la
descente du Pont-Neuf, à la Croix d'Or.
François Flahault , à l'entrée du
Quai des Augustins , du côté du Pont
S. Michel, au Roi de Portugal.
}

M. DCC. XXVI.

*Avec Approbation & Privilege du Roi.*

# ACTEURS
## de la Tragedie.

ARCAGAMBIS, Roy.

THAMIRE, Princesse destinée à Arcagambis.

TETONICE, Nourrice de Thamire.

GARGAME, Prince étranger reconnu fils d'Arcagambis.

HIERBAS, Confident de Gargame.

NABOTAS, Capitaine des Gardes d'Arcagambis.

GARDES.

La Scene est dans le Palais du Roy.

# ARCAGAMBIS
## TRAGEDIE.

## SCENE PREMIERE.

### GARGAME, HIERBAS.

#### HIERBAS.

ARGAME pourroit-il former
un tel deſſein ?

#### GARGAME.

Oüi, je l'ai réſolu, tu m'en parles en vain.

#### HIERBAS.

Quoy vous pourriez ternir l'éclat de vôtre gloire,                                        A

Et des Bienfaits du Roy perdre ainſi la
mémoire ;

Au milieu de ſa Cour le Grand Arcagambis

Vous reçoit, vous chérit comme ſon pro-

pre fils,

A vous combler d'honneurs chaque jour il

s'empreſſe,

Et vous voulez, Seigneur, lui ravir la

Princeſſe ?

Elle qu'un nœud ſacré doit unir à ſon ſort ;

Daignez conſiderer . . .

### GARGAME.

Je ſçai bien que j'ai tort ;

Mais ne retrace point à mon ame agitée

Cette Loy du devoir trop long-tems reſ-

pectée.

Soumis au joug charmant d'une invincible

ardeur,

Toute autre Loy paroît importune à mon
Cœur.

Qui pourroit en effet y combattre, Thamire,

Et les transports preffans que fa beauté
m'inspire :

En vain Arcagambis tirannife fes vœux,

Et d'un Hymen prochain croit allumer les
feux ;

Non, non de cet Hymen ne flatte point
ton ame,

Ses feux ne brûleront que par ceux de Gan-
game.

### HIERBAS.

Le cœur de la Princeffe au vôtre eft-il
foûmis ?

En êtes-vous aimé ?

GARGAME.

N'en doute point.

HIERBAS.

Tanpis.

Je prevois des malheurs dont tous mes
sens frémissent,

Et mes cheveux d'horreur sur mon front
se herissent;

Ne verrai-je jamais que de foibles Heros

Oubliant leur devoir aimer mal-à-propos.

GARGAME.

Il est vray, mais je cede au penchant
qui m'entraine,

Et je ne puis briser une si belle chaîne;

L'amour ne porte point d'atteintes à l'hon-
neur :

Quand on a fait partout admirer sa valeur

On eſt ſur de ſa gloire , & l'on peut ſans
    baſſeſſe

Avec mille vertus avoir une foibleſſe.

### HIERBAS.

Etranger en ces lieux , oſez-vous bien ,
    Seigneur ,

Juſques à la Princeſſe élever vôtre cœur,

### GARGAME.

Quoi donc ne ſçais-tu pas qu'une Reine
    eſt ma mere ?

### HIERBAS,

Oüi, mais vous ignorés quel étoit vôtre
    pere.

### GARGAME.

Pour en être éclairci je venois en ces lieux
Lorſque je fus frapé de l'éclat de ſes yeux,
Je la vis au moment qu'un fatal Hymenée

Devoit au fort du Roy joindre fa deftinée;

Elle lût dans mes yeux, je connus dans les
  fiens

Que nos cœurs étoient faits pour de plus
  doux liens.

### HIERBAS.

Seigneur dans ce Palais Arcagambis com-
  mande,

Thamire doit s'unir au Roy qui la demande,

Vous verrés par ce coup renverfer vôtre
  efpoir.

### GARGAME.

Un cœur comme le mien ne craint aucun
  pouvoir,

Et ce bras qui cent fois a conquis des
  provinces,

S'il fçait les foûtenir, fçait abbatre les
  Princes.

HIERBAS.

Seigneur, quand vous allés conquerir

des etats,

De fortes Legions fecondent vôtre bras ;

Mais vous êtes ici fans amis & fans fuite.

GARGAME.

Du deffein que j'ay pris la Princeffe eſt

Inſtruite,

Son aveu me fuffit, & je veux aujour-

d'huy

Faire voir qu'un Heros fçait vaincre fans

appuy.

HIERBAS.

C'eſt une trahiſon.

GARGAME.

L'amour en eſt complice ;

Un abſolu pouvoir . . . . .

## SCENE II.
## ARCAGAMBIS, GARDES; GARGAME, HIERBAS, NABOTAS.

### ARCAGAMBIS.

Gardes, qu'on le saisisse :

Oüi lui-même Gargame, allés & de ce

pas

Dans la même prison qu'on enferme

Hierbas.

### GARGAME.

Quel ordre rigoureux , daignés du

moins m'instruire . . . .

### ARCAGAMBIS.

Gardes obéïssés, je n'ai rien à lui dire.

GARGAME *en s'en allant.*

Le Roi, cher Hierbas, à ſçû ma trahiſon.

HIERBAS *en s'en allant.*

Et moi qui n'en ſuis point on me mene

en priſon.

NABOTAS.

Seigneur, ce changement a lieu de me

ſurprendre,

J'en cherche les motifs, & n'y puis rien

comprendre,

Quel crime a donc commis ce Prince

infortuné !

Pourquoi ſans l'écouter l'avés vous con-

damné,

Ciel ! dans quelle frayeur vôtre courroux

me plonge ;

Qu'elle en eſt la raiſon , qui vous y

porte ?

## ARCAGAMBIS.

Un songe.

Ecoute Nabotas : les ombres de la nuit
M'invitoient à goûter le repos qui la suit ;
Lorsqu'au fond de mon cœur une voix
effraïante
A répandu soudain le trouble & l'épou-
vante ;
J'ay crû voir un Guerrier menaçant, furieux ,
furieux ,
Le glaive dans la main , le courroux dans
les yeux ,
Contre moi conduisant une nombreuse
armée ,
Inspirer la terreur à ma garde allarmée ;
C'étoit Gargame ; Oh Dieux, j'en tremble
encore d'effroi !

Sur mon Trône, l'ingrat s'est assis malgré
moy,

Et cedant aux transports d'une aveugle
tendresse,

Lui-même a presenté le Sceptre à la
Princesse :

Thamire l'a receu, mais par un coup du
sort,

En recevant le Sceptre, elle a reçû la
mort ;

Et dans le même instant, l'Usurpateur
perfide

A plongé dans mon sein un acier homicide;

J'ay passé le Cocithe, & le noir Acheron,

Et le songe a fini par un coup de canon.

### NABOTAS.

Devés-vous craindre un songe, & ses
images vaines,

Peuvent-elles regler nos plaisirs ou nos

peines,

Sans en être frappé, j'ay revé mille fois.

ARCAGAMBIS.

Vous rêvés en Sujets & nous rêvons en

Rois.

SCENE

# SCENE III.

## THAMIRE, LA NOURRICE, ARCAGAMBIS, NABOTAS.

### THAMIRE.

EN croirai-je le bruit qui vient de se
  répandre,

Seigneur, un Etranger qui ne peut se
  deffendre

Et qui dans vôtre Cour se croit en sûreté,

Est dans ce même instant par vôtre ordre
  arrêté.

### ARCAGAMBIS.

J'ay de justes raisons pour immoler ce
  traître,

Et quand il sera mort je les ferai connoître.

B

THAMIRE.

Ah ! Seigneur , quel arrêt allés - vous
prononcer ?

ARCAGAMBIS.

C'est un ordre des Dieux qui vient de
m'y forcer ,
Et je vais le livrer au plus cruel supplice.

THAMIRE.

Les Dieux ordonneroient une telle in-
justice !
Ce Heros de ces Dieux retrace la grandeur
Par toutes les vertus qui regnent dans son
cœur.
Lorsque dans cette Cour vôtre amitié
l'arrête ,
Pouvés-vous vous résoudre à proscrire sa
tête ?

Non , je ne verray point ce fpectacle
odieux ,

Et la mort fecourable en privera mes yeux;

ARCAGAMBIS.

Ce tranfport imprevû me furprend , &
j'ignore

Quel fecret interêt vous force . . . .

THAMIRE.

Je l'adore.

ARCAGAMBIS.

Vous l'adorés , & moi !

THAMIRE.

Je ne vous aime plus,
Vous feriés fur mon cœur des efforts
fuperflus,
Conduite dans ces lieux par l'ordre de
mon Pere,

B ij

Je vous vis , & son choix avoit de quoi

me plaire ,

Mais Gargame parut , je m'en laissai char-

mer ,

Et pour aimer toûjours, c'est luy qu'il faut

aimer.

### ARCAGAMBIS.

Vous avoüés sans honte un amour te-

meraire.

### THAMIRE.

Je rougirois Seigneur , si je pouvois le

taire ,

Ne me reprochés rien , mais applaudissés

vous

De n'être pas encore devenu mon Epoux.

### ARCAGAMBIS.

Je le serai bien-tôt, perfide, & sans rien

craindre ,

A me garder ta foi, je sçaurai te contrain-
dre ;

Puisque Gargame seul peut nuire à mon
amour,

Lui seul en deviendra la victime en ce
jour.

*il s'en va.*

# SCENE IV.

## THAMIRE, TETONICE.

### TETONICE.

Vous vous creufés vous-même un
affreux précipice,
Oh Ciel qu'avés-vous dit !

### THAMIRE.

Ah chere Tetonice !
Dans l'état où je fuis, au comble du mal-
heur,
Je dois quand je le perds avoüer mon
vainqueur,
Gargame va perir, & mon ardeur fidele
M'ordonne de le fuivre dans la nuit éter-
nelle.

### TETONICE.

Ce secret à jamais devoit être celé.

### THAMIRE.

Je voulois le cacher, mais l'amour à
   parlé,

Je deteste le Roy, pour augmenter sa
   peine

Je prétens à ses yeux faire éclater ma
   haine,

Et malgré tous ses soins, quoiqu'il puisse
   m'offrir,

L'accabler de mépris, l'en convaincre &
   mourir.

### TETONICE.

A de tels sentimens me serois-je attendue?

Rendés, rendés le calme à vôtre ame
   éperduë,

Un tranfport violent a troublé votre ef-
prit ,

De mes fages confeils voilà donc tout le
fruit !

Je ne condamne point vôtre amour pour
Gargame ,

C'eft un Prince accompli , mais deviés-
vous , Madame ,

Faire de cet amour l'aveu trop indifcret ?

### THAMIRE.

Je fuis femme , & tu veux que je garde
un fecret !

### TETONICE.

Ah ! Madame en ces lieux Arcagambis
s'avance.

### THAMIRE.

Le verrai-je toûjours , évitons fa préfence.

## SCENE V.

## ARCAGAMBIS, THAMIRE, TETONICE.

### ARCAGAMBIS.

Rappellé par l'amour je reviens sur
mes pas,

Mais Dieux où courrés-vous ?

### THAMIRE.

            Où tu ne sera pas.

Tyran tu crois éteindre une si belle flâme,

Ou donne moi la mort, ou rends-moi mon

Gargame ;

En vain dans la prison on le cache au-

jourd'huy,

Mon cœur malgré tes soins y soûpire avec

lui.

## SCENE VI.

ARCAGAMBIS, *seul.*

LA perfide me fuit, quel projet forme-
t'elle ?

Je n'en suis plus aimé, l'ingratte, l'in-
fidelle,

Elle-même à l'instant vient de m'en assu-
rer :

Mon malheur est certain je ne puis l'igno-
rer,

Malgré tous mes bienfaits & ma tendresse
extrême,

Quand je veux sur son front mettre le
Diadême,

Croit-elle impunément deshonorer le
mien !

## SCENE VII.

### NABOTAS, ARCAGAMBIS.

#### NABOTAS.

LE Prince vous demande un moment
d'entretien.

#### ARCAGAMBIS.

Qu'ofe t'il demander, quoi malgré fon
offenfe
Le traître pourra-t'il foûtenir ma préfence ?
Qu'il vienne, j'y confens, mais qu'il n'ef-
pere pas
Après notre entreveuë éviter le trépas.

## SCENE VIII.

## GARGAME, ARCAGAMBIS,
## HIERBAS, NABOTAS.

### ARCAGAMBIS.

Quel secret important as-tu donc à

m'aprendre ?

De tes noirs attentats pourras-tu te déf-

fendre;

Est-ce ta grace enfin que tu viens de-

mander ?

### GARGAME.

Mes pareils ne font faits que pour en

accorder,

Et loin que le trépas ait rien qu'ils ap-

préhendent,

Les

Les Heros du même œil le donnent &
l'attendent ;

### ARCAGAMBIS.

Ordinaires difcours de ces Avanturiers
Qui viennent chez les Rois faire les grands
Guerriers.

### GARGAME.

Portés plus de refpect au fang qui m'a
fait naître.

### ARCAGAMBIS.

Eft-tu Roy ?

### GARGAME.

Je fuis plus , je fuis digne de l'être ;

### ARCAGAMBIS.

Je ne vois rien en toi qui puiffe m'af-
furer
Qu'à l'éclat de ce rang tu doive afpirer ;

C

Et les Dieux protecteurs des Souverains

Monarques,

Sur leur front glorieux en impriment les

marques.

### GARGAME.

Je ne puis être issu que d'illustres ayeux,

Et j'en crois plus mon cœur, que le sort

& les Dieux.

### ARCAGAMBIS.

Tu ne sçais dans quel sang tu puisas ta

naissance,

Et tu m'oses parler avec tant d'arrogance!

### GARGAME.

Tous ceux qu'à de hauts faits le Ciel

à destinés

N'apprennent que bien tard de quel pere

ils sont nés ;

Mais je connois ma mere, & je ſçait qu'elle
 eſt Reine,

Et du moins d'un côté ma naiſſance eſt
 certaine ;

Pour l'autre c'eſt à vous de m'en rendre
 éclairci,

Et ce ſeul interêt me conduiſoit ici :

*Si tu veux de ton ſort penetrer le myſtere*

*Au Grand Arcagambis va demander ton*
 *Pere :*

Me dit Panteſilée . . . . . .

   ARCAGAMBIS.

    Hélas ! qu'ai-je entendu ,

Quel trouble dans mes ſens ce nom a répandu ,

Panteſilée ; ô Ciel !

       E ij

GARGAME.

D'où vient cette surprise ?

A me dire son fils, Seigneur, tout m'au-

torise.

ARCAGAMBIS.

Quel signe peut ici prouver ce que tu

dis ?

GARGAME.

L'oreille d'un Sanglier que je porte.

ARCAGAMBIS *l'embrassant.*

Ah ! mon fils !

GARGAME.

Moy vôtre fils !

NABOTAS *au Roy.*

Mon ame a lieu d'être étonnée ;

Seigneur, vous qui jamais au joug de

l'hymenée

N'avés affujetti vôtre invincible cœur,

De trouver un enfant vous avés le bon-
heur ?

ARCAGAMBIS.

Je fus jeune autrefois , & guidé par la
gloire

Je courus l'Univers fuivi de la victoire.

Un jour me repofant au bord du Ther-
modon,

Mon courfier près de moy paiffant fur le
gazon ,

Je le vis emporté d'une fougue foudaine,

Courir malgré ma voix dans la Forêt pro-
chaine ,

Je le fuis , je le joins , mais quel étonne-
ment ,

Lorfque Pantefilée en ce même moment

Fit briller à mes yeux plus d'apas , plus
    de grace

Que Venus n'en offrit au grand Dieu de
    la Thrace.

Elle fuyoit alors un Sanglier furieux

Prêt à trancher le fil de ses jours précieux ;

Je vole à son secours , & d'une main
    hardie

Je triomphe du monstre & le laisse sans
    vie.

Sans perdre un seul instant respectueux
    vainqueur ,

J'aporte à ses genoux & sa liure & mon
    cœur ;

Je vis dans ses beaux yeux, que troubloit
    ma présence ,

Eclater plus d'amour que de reconnoif-
    sance.

O souvenir charmant du prix de mes tra-
    vaux !

*L'hymen n'est pas toûjours entouré de flam-*
    *beaux ;*

Le Temple étoit trop loin, & sans céré-
    monie

Cette Reine avec moi consentit d'être
    unie.

### GARGAME.

Je vous dois donc la vie.

### ARCAGAMBIS.

                Oüi , c'est de cet amour ;
De cet hymen secret que tu reçûs le jour.
Je veux que mes Sujets que je vais en
    instruire
Reconnoissent en toi l'héritier de l'Empire.
Mais tu me cederas la Princesse, mon fils.

# ARCAGAMBIS

GARGAME.

Qui moi vous la ceder, moi Seigneur ;
je ne puis.

ARCAGAMBIS.

Tu veux l'aimer toûjours ?

GARGAME.

Rien ne peut m'en distraire.

ARCAGAMBIS.

Dieux je n'ai plus de fils !

GARGAME.

Dieux je n'ai plus de pere !

NABOTAS à *Gargame.*

Par de tels sentimens n'allés pas vous
trahir,

Puisqu'il est vôtre pere, il lui faut obéïr.

GARGAME.

Non, non lorsqu'il prétend me ravir
ce que j'aime

Je ne reconnoît plus sa puissance suprême.

NABOTAS *au Roy.*

A vôtre âge l'on doit craindre le nom
　d'époux,

La Princesse Seigneur lui convient mieux
　qu'à vous.

ARCAGAMBIS *à Gargame.*

Puisqu'enfin tu ne peut étouffer ta ten-
　dresse,

Je vais pour te punir épouser la Princesse.

GARGAME.

Et moi, je ne craint point un sort si
　rigoureux,

Thamire m'a promis de couronner mes
　feux;

Je sçai que rien ne peut ébranler sa conf-
　tance,

Je suis sûr de sa foi de sa perseverance ;

Vous prétendés en vain disposer de son

cœur ,

C'est un prix qui n'est dû qu'à ma fidele

ardeur ;

Adieu .. Je vais Seigneur... Dans ce péril

extrême ...

Que vais-je faire , hélas !.. Je l'ignore

moi - même.

*Il s'en va.*

**N'ABOTAS.**

Il n'en faut point douter , Gargame en

ce moment

Va trouver la Princesse en son apparte-

ment ;

Prevenés ses desseins , ordonnés qu'on le

suive .

S'il parvient à la voir, fon ardeur eſt ſi
vive

Que loin de redouter vôtre juſte courroux;

Il pourroit bien, Seigneur, l'épouſer avant
vous.

### ARCAGAMBIS.

Allés vous oppoſer vous-même à ſon paſſage.

Courés cher Nabotas . . . .

### NABOTAS.

Comptés ſur mon courage ;

Je ſçaûrai de ce ſoin dignement m'ac-
quitter,

Malheur à vôtre fils, s'il m'oſe reſiſter.

*Il s'enfuva.*

✼✼

## SCENE IX.

### ARCAGAMBIS *seul.*

Quels combats tout à coup s'élevent
dans mon ame,

Souffrirai-je qu'un fils outrage ainsi ma
flâme ?

Non, si jusqu'à ce point il ose me braver ;

Des horreurs de la mort rien ne peut le
sauver.

Que dis-je ! c'est mon fils, ma plus chere
esperance,

Il a jusqu'à ce jour ignoré sa naissance,

Je viens de l'en instruire, & pere rigoureux

Je le condamnerois au sort le plus affreux!

Ah !

Ah ! rien n'eſt comparable au tourment

 que j'endure ;

Ecoute Arcagambis la voix de la nature ;

Elle-même te parle, & veut te retenir...

Il aime la Princeſſe, & je dois l'en punir..

L'amour me le preſcrit, c'eſt lui que j'en

 veux croire...

Non cet ordre barbare offenſe trop ma

 gloire...

Que ferai-je.. Tous deux m'agitent tous

 à tour..

Dieux ! ne puis-je accorder la nature &

 l'amour.

## SCENE X.

## ARCAGAMBIS, HIERBAS, TETONICE.

### TETONICE.

AH! Seigneur écoutés...

### HIERBAS.

Seigneur, daignés m'entendre.

### TETONICE.

Je viens vous informer...

### HIERBAS.

Je viens pour vous apprendre...

### TETONICE,

Thamire au desespoir...

### HIERBAS,

Le Prince malheureux...

## ARCAGAMBIS.

Parlés l'un après l'autre, ou taisés-vous
tous deux.

## HIERBAS.

Animé des transports qu'un tendre
amour inspire,

Le Prince en vous quittant à couru chés
Thamire,

Nabotas de la porte ayant sçû s'emparer,

Lui dit, on n'entre point, & moi je veux
entrer,

Répond en l'attaquant vôtre fils en furie,

Et dans le même instant le prive de la vie.

## ARCAGAMBIS.

Quoi le fier Nabotas auroit pû succomber!

## HIERBAS.

Seigneur du premier coup nous l'avons
vû tomber.                D ij

Alors de ce Heros redoutant le courage,

Vos Gardes effraïés lui livrent le paſſage,

Il vole vers Thamire, il la voit, mais ô

    Dieu !

Quel ſpectacle fatal ſe préſente à ſes yeux !

### TETONICÉ.

Au bruit qu'on avoit fait la Princeſſe

    étonnée

Croïant que vous veniés preſſer vôtre

    hymenée,

Rencontre par malheur un poignard ſous

    ſa main,

Et malgré nos efforts le plonge dans ſon

    ſein.

### ARCAGAMBIS.

Dieux !

### HIERBAS.

Gargame arrivant la voit pâle & sanglante,

Dans quel funeste état trouvai-je mon

    Amante.

Lui dit-il ?

### TETONICE.

*Ah ! j'ay crû voir arriver le Roy.*

Lui dit-elle ?

### HIERBAS.

*Il falloit croire que c'étoit moi ?*

Lui dit-il !

      *Je vous perds adorable Thamire.*

### TETONICE.

Elle veut lui répondre, & soudain elle

    expire.

### ARCAGAMBIS.

L'ingrate en expirant n'a point bu

    mes fers ;

            D iij

Et je les porterai jufques dans les enfers.

Meurs, meurs Arcagambis ; tu ne peut

lui furvivre ,

Ton malheureux amour t'ordonne de la

fuivre.

*Il fe tuë.*

Ce jour par nôtre mort devoit être mar-

qué,

Juftes Dieux ! c'en eft fait , mon fonge

eft expliqué.

*On emporte Arcagambis.*

## SCENE DERNIERE.

### GARGAME, HIERBAS.
### GARDES.

#### GARGAME.

O Deſtin trop cruel! ô pere trop barbare !

Ta rigueur de Thamire à jamais me ſépare.

#### HIERBAS.

Ces reproches ſont vains, verſés plûtôt

des pleurs,

Le Roy vient d'expirer.

#### GARGAME.

O comble de malheurs !

Je perds en un ſeul jour la Princeſſe,

& mon pere,

D iiij

Et je respire encore.

HIERBAS.

   Cette perte est legere:
Le Thrône doit Seigneur adoucir vos
regrets.

GARGAME.

Quelle nuit tout à coup obscurcit ce
  Palais,
De quels lugubres cris retentissent ces
  voutes,
La foudre des enfers vient d'entr'ouvrir
  les routes ;
Quel invisible bras m'y traîne malgré moi!
Que vois-je au bord du Stix, la Princesse
  & le Roy?
Ils sont prêts à monter dans la barque
  fatale,

Ne croïés point sans moi passer l'onde
infernale ;

Arcagambis, Thamire .. attendés, je vous
suis ;

En vain je les appelle , ils sont sourds à
mes cris.

Déjà le vieux Nocher à quitté le rivage ,

Mais je sçaurai bien-tôt les atteindre à la
nage ,

Et les flots enflâmés ne m'arrêteront pas ..

Belle Thamire , enfin je revois tant d'ap-
pas ,

'Ah ! puisque je retrouve une amante si
chere ,

Je ne vous quitte plus . . . . que vois - je !
c'est Cerbere ,

Il répand dans mon cœur son funeste
poison ,

Tifiphone a fur moi fecoüé fon tifon ;

Mais quol tout difparoit , & mon mal-

heur extrême

Me ramene en des lieux plus craint que

l'enfer même ;

Bravons par le trépas un fort trop inhu-

main

Que ce fer . . .

HIERBAS.

Ah ! Seigneur . . .

GARGAME.

Quoi tu retiens ma main ?

Laiffe - moi terminer des jours que je

detefte.

HIERBAS.

Vous n'accomplirés point un deffein fi

funefte ,

Vous vous devés Seigneur au foin de vos

Etats.

### GARGAME.

Il faut donc m'immoler en ne me tuant

pas.

## FIN.

## APPROBATION.

J'Ay lû par l'Ordre de Monseigneur le Garde des Sceaux, *Arcagambis, Tragedie en un Acte*. Cette Piéce a plû sur le Théâtre, & j'ai crû que l'impression en seroit agréable au Public. A Paris ce 26. Août 1726.

DANCHET.

---

## PRIVILEGE DU ROY.

LOUIS, PAR LA GRACE DE DIEU, ROY DE FRANCE ET DE NAVARRE : A nos amez & feaux Conseillers, les Gens tenans nos Cours de Parlement, Maîtres des Requêtes ordinaires de notre Hôtel, Grand-Conseil, Prevôt de Paris, Baillifs, Sénéchaux, leurs Lieutenants Civils, & autres nos Justiciers qu'il appartiendra : SALUT. Notre bien amé PIERRE DELORMEL, Libraire à Paris, Nous ayant fait supplier de lui accorder nos Lettres de Permission pour l'Impression d'un Ouvrage qui a pour titre : *Arcagambis, Tragedie*; offrant pour cet effet de lo faire imprimer en bon papier, & beaux caracteres, suivant la feüille imprimée & attachée pour modéle sous le Contre-scel des Présentes : Nous lui avons permis & permettons par ces Présentes de faire imprimer ledit Livre, conjointement ou séparement, & autant de fois que bon luy semblera, sur papiers & caracteres conformes à ladite feüille imprimée & attachée sous notre Contre-scel ; & de le vendre faire vendre & débiter par tout notre Royaume, pendant le temps de trois années consécutives, à compter du jour de la datte desdites Présentes : Faisons défenses à tous Libraires, Imprimeurs & autres Personnes de quelque qualité & condition qu'elles soient, d'en introduire d'Impression étrangere dans aucun lieu de notre obéïssance ; à la charge que ces Présentes seront enregistrées tout au long sur le Registre de la Communauté des Libraires & Imprimeurs de Paris, & ce dans trois mois de la datte d'icelles : que l'Impression de ce Livre sera faite dans notre Royaume, & non ailleurs, & que l'Impétrant se conformera en tout aux Reglemens de la Librairie, & notamment à celui du 10. Avril 1725. & qu'avant que de l'exposer en vente, le Manuscrit ou Imprimé qui aura servi de Copie à l'Impreſſion dudit Livre, ſera remis dans le même état où l'Approbation y aura été donnée, és mains de notre très-cher & féal Chevalier Garde des Sceaux de France le Sieur FLEURIAU D'ARMENON-VILLE, Commandeur de nos Ordres; & qu'il en ſera enſuite remis deux Exemplai-res dans nôtre Bibliotheque publique, un dans celle de notre Château du Louvre, & un dans celle de notre très-cher & féal Chevalier Gardes des Sceaux de France le Sieur Fleuriau d'Armeuonville, Comman-deur de nos Ordres; le tout à peine de nullité des Préſentes: Du contenu deſquel-les vous mandons & enjoignons de faire joüir l'Expoſant ou ſes ayans cauſe, plei-nement & paiſiblement, ſans ſouffrir qu'il leur ſoit fait aucun trouble ou empeche-ment. Voulons qu'à la Copie deſdites Pré-ſentes, qui ſera imprimée tout au long au commencement ou à la fin dudit Livre, foi ſoit ajoûtée comme à l'Original. Com-mandons au premier notre Huiſſier ou Sergent de faire pour l'exécution d'icelles, tous Actes requis & neceſſaires, ſans de-mander autre Permiſſion, & nonnobſtant Clameur de Haro, Chartre Normande, & Lettres à ce contraire: CAR tel eſt notre plaiſir. DONNE' à Paris le vingt-neuviéme jour du mois d'Août, l'an de grace mil sept cent vingt-six, & de notre Regne le onziéme. Par le Roy en son Conseil.

## DE S. HILAIRE.

*Registré sur le Registre VI. de la Chambre Royale des Libraires & Imprimeurs de Paris n°. 434. fol. 383. conformement aux anciens Reglemens confirmés par celuy du 28. Février 1723. A Paris le trente Août mil sept cent vingt-six.*

D. MARIETTE, Sindic.

De l'Imprimerie de la V. LAMESLE, & PIERRE DELORMEL, ruë du Foin, à sainte Geneviéve.

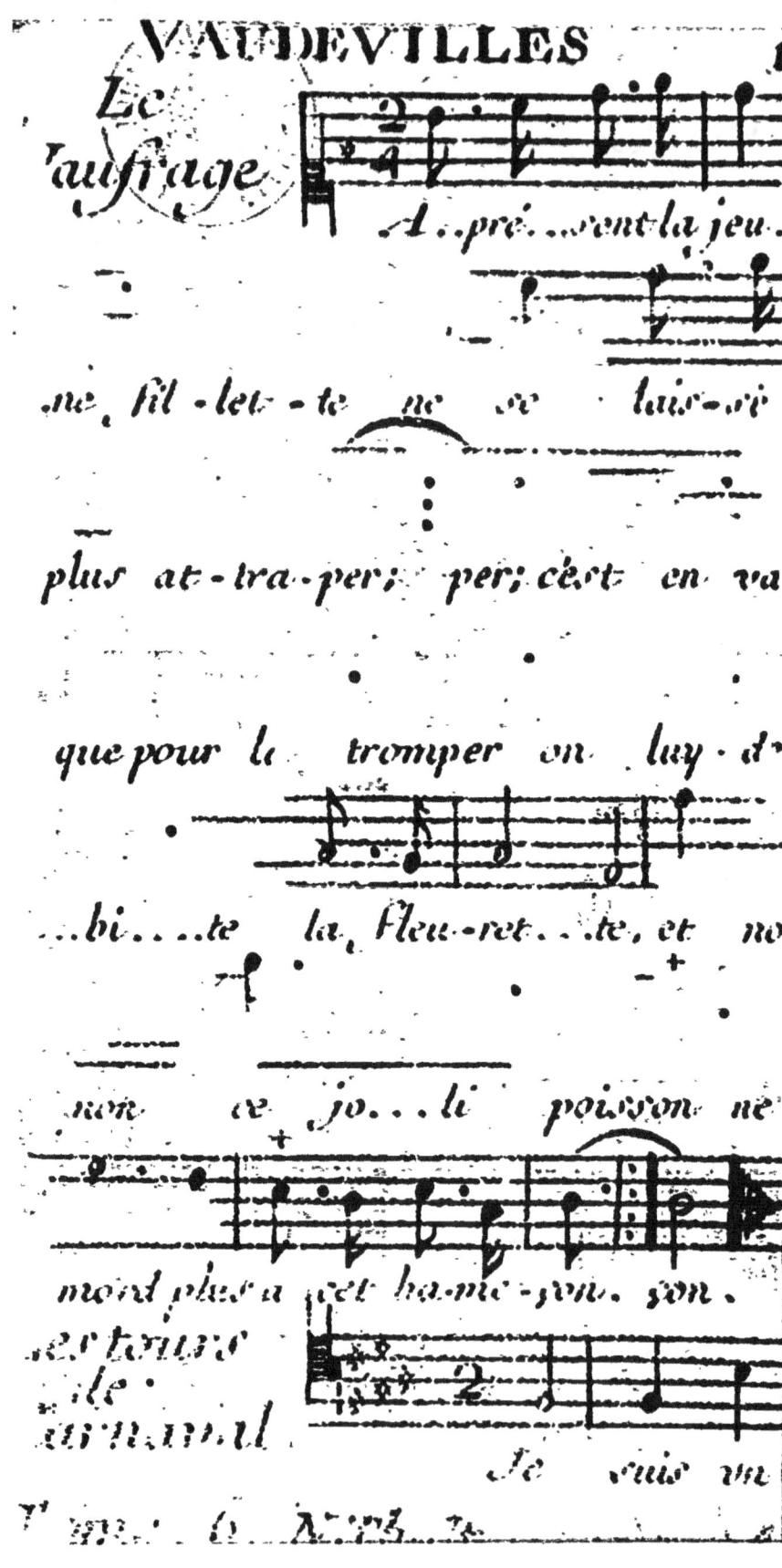

viéme jour du mois d'Août, l'an de grace mil sept cent vingt-six, & de notre Regne le onziéme. Par le R o y en son Conseil.

## DE S. HILAIRE.

*Registré sur le Registre VI. de la Chambre Royale des Libraires & Imprimeurs de Paris n°. 434. fol. 383. conformément aux anci.ns Reglemens confirmés par celuy du 28. Février 1723. A Paris le trente Août mil sept cent vingt-six.*

**D. Mariette, Sindic.**

De l'Imprimerie de la V. Lamesle, & Pierre Delormel, ruë du Foin, à sainte Geneviéve.

# VAUDEVILLES

Le Naufrage

A..pré....sent la jeu...
..ne, fil-let-te ne se lais-se
plus at-tra-per; per; c'est en vain
que pour la tromper on luy dé-
..bi....te la fleu-ret...te, et non
non ce jo...li poisson ne
mord plus a cet ha-me-çon. son.

Les tours de Carnaval.
Je suis un

Tom. 6. N.Th.Jt.

bon sol..dat, ti ta ta, tou r rise

céde a mon cou -ra -ge. J'ay

dans mon four-ni-ment pa tapand

quoy fai-re ra...va..ge.

Le car...na..val enc

lieux vous ap..pel...le, vô...lés ten

dres a...mours, ve-nés re...gnersu

nous; en dormés la rai-soncr

Tome. 6.

...el...le, a...musés les argus,

et.....ber..cés les jaloux.

Qu'en ces lieux tout chante et tou

dan...se, que bacchus a grands flots

re-pan-dé sa liqueur, et

qu'au-jourd'huy comus a...me...

...ne l'a...bondan-ce jusques chez l'u su

rier et chéz le pro..cureur.

# VAUDEVILLES

4

Je ne suis plus dans l'ig no

ran-ce je sçais ma ba be bi bo:

bu. de ja mon pe-tit cœur.

..muprés d'un jeu-ne ber-ger com

...men-ce a fai...re ta te ti to.

...tu.

Dans ma jeunes-se qu'ons

di-ver-tis-soit, el a-cun se trémous.

*Tome. 6.*

soit, avec grace on dansoit dans

bal on aivoit ad-mi-rer son ad=

dras....se; aujourd'huy ce n'est

plus ce...a, ce n'est qu'in do..

len-ce, langueur, ne..gligen-ce, les

graces, la dan-se, sont en dé-ca=

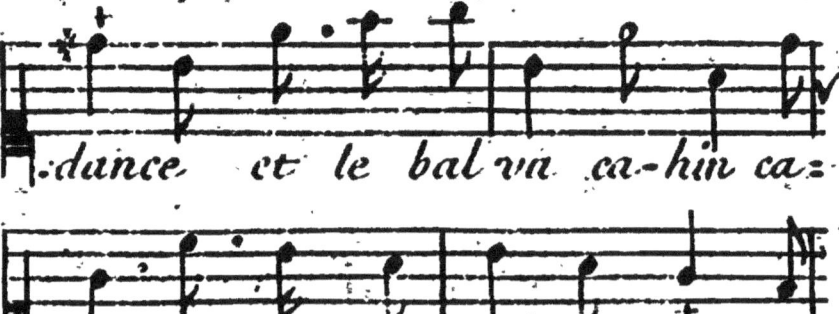

dance et le bal va ca-hin ca=

ha et le bal va ca..hin ca=

=ha et le bal va ca-hin ca-ha.

Ah! que dans ces jours a Pa
ris Cu..pi...don fait bien ses af.:
fai..res, que l'on y du..pe de ma:
ris que l'on en fait accroire aux
me-rés! censeurs n'en di....tes

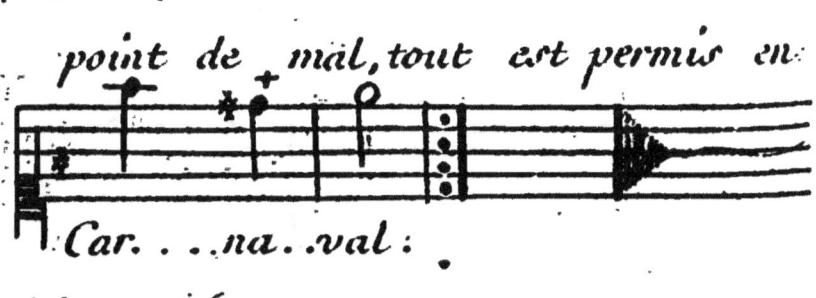

point de mal, tout est permis en
Car....na..val:

# VAUDEVILES

Le Temple de la verité.

Faut il dans le siecle ou nous som...mes faire au...tre...

ment que tous les hom-mes !et bonbon

bon je tén re-pons; Nous pi-que

rons nous de jus..ti...ce pour repondr

a leur ar-ti-fi...ce !et zon zon

*refrain*

zon, ah voy...es donc, vn peu de

tri..che..ri...e dans la vi...e, est

toujours de rai...son.

Quand vous sçavés qu'une cri

el..le, sans au...cun fruit vous

fait bru-ler pour el..le, malheu

..reux amant re bu-té, quelle fu.

...tu...le vé...ri..te! mais quand p

un sort fa..vo...ra...ble, vous

li..sés dans ses yeux remplis d

Tome. 6.

feux l'ins-tant heureux qui doit com:

:bler vos vœux Ve..ri..té trop ai:

..ma...ble!

Le pauvre Lu-bin est un

sot, je le sçai, mais je n'en dis

mot, et je crois a..voir a..mer

..veil-le, Car je suis Epoux

comme lui et dès de..main.

és au..jourd'huy, il peut m'arri.

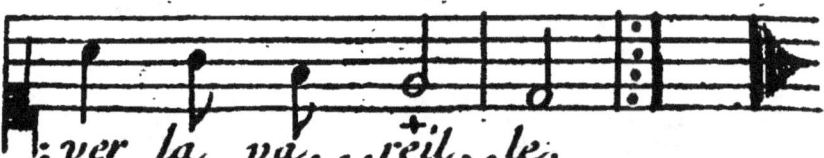

:ver la pa...reil..le.

*L'amour*
*Precepteur*

Al-lons gay, la belle

point de c r-roux, si votre é..

:poux bat de l'ai..le et fi...le

doux. de tout hy me-né..e c'est la

le des..tin, a bon..ne jour.

.né..e mauvais len...de.main.

*Tome.6.*

Dans ce len de main d'hymen

Fin

que dis tu ca...tin    co...lin s

s'il est vif et promptet    ne re...

pond point en-cor.    non,    bon.

s'il est en..dor-mi,    ap..pe-san

ti, foible et tran-si, fi?

Dans les e...cô..les

de cy...the...re, jeu..nes

Tome. 6,

coeurs al-lés vous former, Venus y

mon-tre l'art de plai-re et cu-pi.

...don ce...lui d'ai-mer.

J'i...gnorois tout ce qu'il fa

fai-re en ai-mant pour gagner un cœur,

Lisette admi-re mon bon-heur je n'ay

fait qu'aimer j'ay sçû plai-re; vi..

L'amour pour pré-cepteur.

Tome. 6. Fin du Tome. 6.
Gravé ar Denise Vincent.

Contraste insuffisant

**NF Z** 43-120-14

Reliure serrée

www.ingramcontent.com/pod-product-compliance
Lightning Source LLC
Chambersburg PA
CBHW070814260626
47161CB00006B/2276